Lesepiraten

Kolloch & Zöller

Viktoria ist stark!

Illustriert von Cornelia Haas

Leselöwen Das Original

www.leseloewen.de

FSC
www.fsc.org
MIX
Papier aus verantwortungsvollen Quellen
FSC® C023419

ISBN 978-3-7855-7351-8
1. Auflage 2013

Umschlagillustration: Cornelia Haas
Reihenlogo: nach einem Entwurf
von Angelika Stubner
Printed in Italy

www.loewe-verlag.de

Inhalt

In der neuen Schule

Frau Bert kommt
mit einem fremden Mädchen
in die Klasse.
„Wer ist das denn?“,
ruft Tim sofort.
Die Lehrerin erklärt freundlich:
„Das ist Viktoria,
eure neue Mitschülerin.“
„Jungen finde ich besser“,
meckert Tim.
„Die kann doch nicht mal
Fußball spielen, wetten?“
Frau Bert wirft Tim
einen vorwurfsvollen Blick zu.

Doch der grinst nur frech.
„Ist doch so“, sagt er.
Alle starren Viktoria an.
Sie steht ganz allein
vor der Klasse und spürt,
wie ihre Wangen glühen.
Am liebsten würde sie
im Boden versinken.

Frau Bert lächelt nett und sagt:
„Hier neben Sophia
ist dein Platz.“
Sophia verzieht das Gesicht.
„Wieso denn neben mir?“,
will sie wissen.
Frau Bert wird ernst.
„Du und Tim, ihr macht
zu viel Quatsch.
Viktoria sitzt jetzt zwischen euch.“

Viktoria setzt sich
auf den freien Stuhl.
Sie macht sich ganz klein.
Sophia streckt ihr
die Zunge raus.
Dann tut sie so,
als wäre Viktoria gar nicht da.
Das ist so gemein!
Viktoria faltet ihre Hände
unterm Tisch.

Sie meldet sich nicht.
Auch nicht, wenn sie etwas weiß.
Eigentlich geht Viktoria
gern in die Schule.
Doch heute traut sie sich
nicht einmal, Piep zu sagen.
Als es zur Pause klingelt,
trottet Viktoria langsam
auf den Schulhof.

„Lahme Schnecke, du nervst!“,
brüllt Tim plötzlich.
„Lass die doch, Tim!“,
mischt sich Sophia ein.
„Gleich heult sie und dann
verpetzt sie uns bei der Bert.“
Tim rempelt Viktoria an.
„Wenn du das tust,
gibt’s Kloppe, kapiert?“,
schreit er wütend.

Viktoria stolpert und fällt.
Schnell rappelt sie sich
wieder auf und läuft weg.
In einer Ecke
betrachtet sie ihren Arm.
Aufgeschürft. Das brennt!
Doch Viktoria ist tapfer.
Sie holt ihr Pausenbrot
aus der Tasche.
Da kommt Tim und
reißt es ihr aus der Hand.

„Was frisst du denn da?“
Er schnippt mit den Fingern
die Gurkenscheiben weg.
Viktoria will nach dem Brot greifen.
Tim hält es hoch.
Er ist größer als sie.
„Vicky, Vicky, doofe Micky“,
brüllt er böse.
Einige Kinder johlen mit.
Hilfe suchend schaut Viktoria
in die Runde.

Doch niemand greift ein.
Nur ein Mädchen
lächelt sie zaghaft an.
Die anderen trauen sich nicht.
Die haben Angst!
Viktoria starrt auf den Boden.
Bloß nicht weinen!
Neu sein ist doof,
das weiß Viktoria jetzt.
Neu sein ist richtig doof.

Ein guter Rat

Viktoria steht
vor ihrem neuen Haus.
Vor der neuen Haustür.
Sie klingelt
an der neuen Klingel.
Alles ist neu und schön.
Aber Neu sein in der Schule
ist doof.
Mama öffnet die Tür.
„Komm rein!“, ruft sie.
Sie schiebt Umzugskisten zur Seite.
„Schau mal!“
Stolz zieht sie Viktoria
hinter sich her.

„Dein Zimmer ist fertig!
Gefällt es dir?“, fragt sie.
Über dem weißen Bett
schwebt ein hellblauer Stoffhimmel.
An der Wand
hängt Viktorias Lieblingsfoto.
Sie sitzt mit Emma und Anton
auf der Riesenrutsche im Freibad.
Gleich klatschen sie
kreischend ins Wasser.

So war es vor dem Umzug.

Mit Emma und Anton

hatte Viktoria immer Spaß.

Sie waren beste Freunde.

Dann hat Mama eine

andere Arbeit bekommen.

Und jetzt sind sie hier.

Alles ist neu und ungewohnt.

Die Stadt. Die Nachbarn.

Und die Kinder in der Schule.
Dabei hatte Viktoria
sich auf die Schule gefreut.
Sie hatte geglaubt,
es sei ganz einfach,
neue Freunde zu finden.
Und dann läuft
schon am ersten Tag
alles so gründlich schief.

„Ein schönes Zimmer“,
sagt Viktoria leise.
Aber sie will eigentlich sagen:
„Die waren so gemein, Mama!“
Mama merkt,
dass irgendwas nicht stimmt.
Tröstend nimmt sie
ihre Tochter in den Arm.

„Wie war dein erster Tag
in der Schule?“, fragt sie.
„Weiß nicht“, murmelt Viktoria.
„Das wird schon“, sagt Mama.
Viktoria lässt sich
auf ihr Bett plumpsen.
Traurig schüttelt sie den Kopf.
Mama setzt sich neben Viktoria
und legt einen Arm
um ihre Schulter.

„Jetzt erzähl mal“,
fordert sie ihre Tochter auf.
„Ich sehe dir doch an,
dass etwas passiert ist.“
„Ach“, murmelt Viktoria,
„da sind diese beiden.
Tim und Sophia.
Die sind sooo gemein.
Sie ärgern alle
und machen mir Angst.“

„Und die anderen?“, fragt Mama.
„Sind die auch gemein?“
„Ich weiß nicht“,
antwortet Viktoria.
„Ich glaube,
sie mögen mich nicht.
Sie lachen mich aus.
Und sie haben Angst
vor Tim und Sophia.“

Viktoria kommt sich
ganz klein vor.
„Und Frau Bert?
Kann sie nicht helfen?“,
fragt Mama.
„Tim will mich verkloppen,
wenn ich petze“,
verrät Viktoria leise.
„So einer ist das also“,
sagt Mama nachdenklich.

„Mama, er macht mir
wirklich Angst."
„Das ist kein Petzen,
wenn du es Frau Bert erzählst",
meint Mama bestimmt.
„Du brauchst Verbündete.
Und du musst diesem Jungen
eins auswischen."

Viktoria macht große Augen.
Mama steht auf.
„Ich weiß auch schon, wie!“,
sagt sie.
„Ich habe da genau
das Richtige für dich.“
Viktoria hört,
wie Mama im Flur
in einer Umzugskiste kramt.
Geheimnisvoll lächelnd
kommt sie zurück.

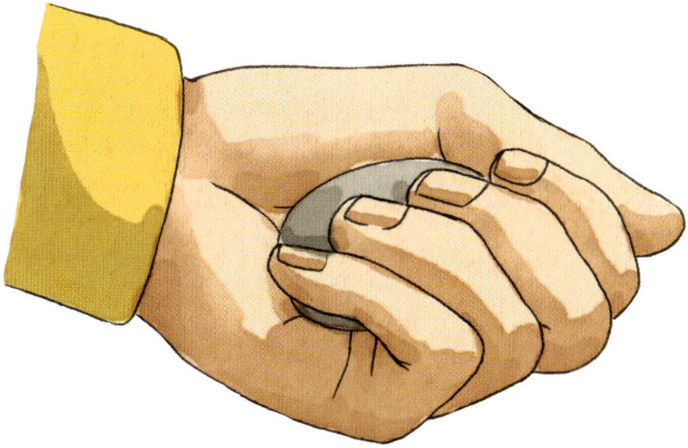

„Der hat mir immer geholfen.
Und nun schenke ich ihn dir.“
Mama hält ihr
die geschlossene Hand hin.
Viktoria spürt ein seltsames
Kribbeln im Bauch.
Ganz langsam
öffnet Mama die Hand.
Ein Stein, rund und glatt.
Er ist himmelblau bemalt
mit einem sonnengelben Punkt.

„Ooh“, sagt Viktoria.
Sie berührt den Stein
leicht mit den Fingerspitzen.
„Der ist schön.
Woher hast du ihn?“
„Der ist von Opa“,
antwortet Mama.
„Er hat ihn mir
von einer weiten Reise mitgebracht,
als ich so alt war wie du.“

Mama legt ihr den Stein
in die Hand.
„Das ist nicht irgendein Stein.
Das ist ein Kraftstein.“
„Ein Kraftstein?“, fragt Viktoria.
„Bekommt man davon Muckis?“
„Ich glaube nicht“,
sagt Mama und lächelt.

„Aber er macht dich groß“, fügt sie hinzu. „So groß, dass Tim dich nicht mehr klein macht. Du musst es ausprobieren.“ Viktoria umschließt den Stein mit den Fingern. Er passt genau in ihre Faust und fühlt sich gut an. „Heute Nacht legst du ihn unter dein Kopfkissen“, rät Mama ihr.

„Dann gewöhnt ihr euch aneinander.
Morgen früh steckst du ihn
in deine Hosentasche.
Und wenn dieser Tim dich ärgert …“
„… werfe ich ihm
den Stein an den Kopf!“,
ruft Viktoria.
„Nein, nein“, sagt Mama.
„So ein Stein ist das nicht.
Aber er hilft bestimmt,
der Kraftstein.“

Der Kraftstein

Am nächsten Morgen
trödelt Viktoria.
Sie hat es nicht eilig.
Sie will nicht zu früh
auf dem Schulhof sein.
Am besten erst
zum zweiten Läuten.
Und dann ganz schnell
in die Klasse schlüpfen.
Unsichtbar und lautlos.
Obwohl sie den Stein
in der Tasche spürt.
Aber ob der wirklich hilft?
„Hey, Trödelliese!“, ruft Tim.

Er steht auf der
anderen Straßenseite.
Viktoria geht schneller.
Doch Tim holt sie ein.
Er hüpft wild um sie herum
und streckt die Zunge heraus.
Dann lässt er sie
plötzlich in Ruhe.
Stattdessen rempelt er
einen kleinen Jungen an.

Tim zieht an dem Ranzen,
bis der Junge
auf dem Hosenboden sitzt.
Er beugt sich über ihn
und sagt ihm etwas ins Ohr.
Der Junge rappelt sich auf
und rennt weg.
„Na warte!“,
grölt Tim hinter ihm her.
Er droht ihm mit der Faust.

„Das gibt Ärger, du Flasche!“
Tim sieht sich grimmig um.
Doch Viktoria
erwischt er nicht mehr.
Sie ist schon weg.
So schnell sie kann,
rennt sie ins Klassenzimmer.
Geschafft!

Rasch will sie sich
auf ihren Platz verdrücken.
„Besetzt!“, sagt Sophia.
Sie zeigt auf Viktorias Stuhl.
Jetzt ist auch Tim da.
Ganz schnell stellt er
seinen Ranzen auf den Stuhl.
„Platz da, du blöde Kuh!“
Er drängt sich
an Viktoria vorbei
und grinst gemein.

„Für Doofe ist hier kein Platz!“
Viktoria hält den
Kraftstein in der Hand.
Er fühlt sich gut an.
Ein Kribbeln durchströmt sie.
„Ich bin nicht doof.
Das ist mein Platz!“,
sagt sie ganz laut.
Auf einmal sehen sie
alle Kinder erstaunt an.

„Verzieh dich!“, schreit Sophia.
„Nein. Hier sitze ich“,
antwortet Viktoria.
Sie drückt den Stein ganz fest.
Mit der anderen Hand
schiebt sie langsam
den Ranzen vom Stuhl.
Bumm.
Da liegt er am Boden.
Der Stein ist warm
in ihrer Hand.

Viktoria macht sich groß,
ganz groß.
Sophia wird rot vor Wut.
„Hör auf mit dem Babykram“,
sagt Viktoria ruhig.
„So was macht man
im Kindergarten.“
Sie sieht Sophia
fest in die Augen.
Sophia klappt vor Staunen
der Mund auf.

Viktoria setzt sich
auf ihren Stuhl.
Sie legt ihre Federmappe
und ihr Matheheft
auf den Tisch.
Dann schaut sie zu Sophia.
„Ist noch was?“, fragt sie.
Sophia starrt ratlos vor sich hin.
Tim knirscht wütend
mit den Zähnen.

„Gleich wird er brüllen“,
denkt Viktoria.
Doch in diesem Moment
kommt Frau Bert in die Klasse.
Wortlos setzt sich Tim
auf seinen Stuhl.
„War das alles?“,
fragt sich Viktoria.
Sie lächelt und
schiebt den Kraftstein
in ihre Hosentasche.

Eine harte Probe

Es klingelt. Große Pause!
Viktoria geht langsam
auf den Schulhof.
Sicherheitshalber hält sie
den Kraftstein wieder
in ihrer Hand.
Aber Tim und Sophia
sind nicht zu sehen.
Ein Mädchen aus ihrer Klasse
winkt Viktoria zu.
Es ist das Mädchen,
das sie gestern angelächelt hat.
„Meint die mich?“,
fragt sich Viktoria.

Das Mädchen ruft:
„Hey, Viktoria!
Willst du mit uns
Tischtennis spielen?“
„Gerne“,
antwortet Viktoria und strahlt.
„Ich bin Jule“,
sagt das Mädchen.
„Tim und Sophia
sind wirklich schlimm.
Das hast du
richtig gut gemacht.“

Viktoria lächelt.
Der Stein fühlt sich
ganz warm an.
Jule zeigt auf einen Jungen
und ein Mädchen,
die neben ihr stehen.
„Das sind Ben und Nele,
meine Freunde.
Wollen wir zu viert spielen?“
Alle nicken und schon
geht’s los!

Viktoria spielt mit Jule zusammen.
Geschickt schmettert sie
einen Ball nach dem anderen
über das Netz.
„Klasse!“, ruft Jule beeindruckt.
„Hast du denn schon mal
Tischtennis gespielt?“
„Denkt ihr etwa,
ich habe vorher
auf dem Mond gewohnt?“
Viktoria lacht fröhlich.
Sie ist ganz außer Atem.

„Nein“, sagt Jule und kichert.
„Aber vielleicht kommst du ja
vom Mars?“
Sie machen Quatsch
und alle lachen.
„Du musst uns unbedingt
mehr von dir erzählen“,
sagt Nele.
„Am besten heute Nachmittag
im Schwimmbad.“

Schon saust wieder ein Ball
von Viktoria über das Netz.
Es geht alles viel leichter,
wenn man Freunde hat.
Doch mitten im Ballwechsel
verliert Viktoria den Stein!
„Hey, Vicky-Baby!“, schreit Tim.
Er stellt seinen Fuß
auf den Stein.
„Kann man damit
Baby-Fußball spielen?“

„Der nervt“, flüstert Ben.
Aber er sagt nichts weiter.
Viktoria ist wütend.
Das ist Mamas Stein und
Tim tritt ihn mit Füßen.
Das Kribbeln in ihrem Bauch
ist wieder da.
Tim kickt den Stein
mit der Fußspitze zu Sophia.
„Vicky-Baby, Vicky-Baby!“,
grölen Tim und Sophia.

Jetzt!

Viktoria macht
einen Schritt auf Tim zu.
Sie will ihm
den Stein abluchsen.
Es klappt nicht.
„Ich hab doch gleich gesagt,
dass du nicht
Fußball spielen kannst“,
schreit Tim.

Tim und Sophia
lachen sich kaputt.
„Los, zeig's ihnen!“,
spricht sich Viktoria
selbst Mut zu.
Dann holt sie einmal tief Luft
und stellt sich Tim in den Weg.
„Du gibst mir sofort den Stein!“,
sagt sie entschlossen.

Sie schaut ihm fest
in die Augen.
Tim grinst.
Er tippt sich
mit dem Finger an die Stirn.
„Du spinnst ja!“
Da legt Viktoria nach.
„Ich möchte meinen Stein zurück.
Ist das klar?“
„Hau bloß ab!“, sagt Tim.

Aber er wird unsicher,
merkt Viktoria.
Tim grinst ganz schief.
„Sonst tret ich dir …“
Da nähert sich Frau Bert.
Und Viktoria stößt
Tim zur Seite.
Blitzschnell bückt sie sich
und hält ihren Stein
in der Faust.

Freunde halten zusammen!

Jule, Ben und Nele klatschen.
„Echt cool“, meint Ben.
„Was du dich traust!“
Viktoria wird rot.
Doch kaum ist Frau Bert weg,
kommen Tim und Sophia zurück.
Sofort steigt in Viktoria
wieder Angst auf.
Noch einmal schafft sie es
bestimmt nicht,
sich zu wehren.
Aber dann merkt sie,
dass sich Jule, Ben und Nele
neben sie gestellt haben.

Wie eine Mauer stehen sie
vor Tim und Sophia.
„Lasst uns in Ruhe“,
sagt Nele ruhig.
„Sonst könnt ihr was erleben!“,
fügt Ben hinzu.
„Vier gegen zwei ist gemein“,
jault Sophia.
„Ach, aber zwei gegen einen nicht?“,
fragt Jule zurück.
Die vier machen gemeinsam
einen Schritt nach vorn.

Tim und Sophia zögern kurz,
doch dann …
… hauen sie ab!
Viktoria und die anderen
seufzen erleichtert auf.
„Übrigens, ein schöner Stein“,
sagt Nele plötzlich.
„Mein Kraftstein“,
antwortet Viktoria stolz.
„Der ist fast so toll
wie echte Freunde!“

Heute kommt Viktoria
ganz glücklich nach Hause.
Mama sieht
ihr strahlendes Gesicht.
„Na?“, fragt sie lächelnd.
„Hat dir der Kraftstein geholfen?“
„Und wie!“, ruft Viktoria.
„Und Nele, Jule und Ben auch!“

Viktoria wirft vor Freude
ihren Kraftstein in die Luft.
Bevor sie die anderen später
im Schwimmbad trifft,
will sie für ihre Freunde
drei schöne Kraftsteine malen.
Dann kann ihnen
keiner mehr was anhaben!

Brigitte Kolloch, 1975 geboren, wuchs in Münster (Westf.) und Hannover auf. Bereits während ihrer Gymnasialzeit veröffentlichte sie Geschichten, Gedichte und Bilder. Nach dem Abitur machte sie eine Ausbildung zur Kinderkrankenschwester. Heute arbeitet sie auf einer Frühgeborenen-Intensivstation und ist weiterhin auf der Spur neuer Geschichten und Gedichte für Kinder.

Elisabeth Zöller wurde 1945 in Brilon geboren und studierte Deutsch, Pädagogik, Kunstgeschichte und Französisch in München, Lausanne und Münster. Danach war sie viele Jahre als Gymnasiallehrerin tätig, bevor sie 1989 freie Schriftstellerin wurde und sich vor allem mit Büchern gegen Gewalt einen Namen machte.

Cornelia Haas studierte an der Fachhochschule Münster Grafikdesign und ist seit einigen Jahren als freischaffende Illustratorin tätig. Zusammen mit netten Kollegen arbeitet sie in der Ateliergemeinschaft Hafenstraße 64 in Münster.

Lesepiraten

ISBN 978-3-7855-7754-3

ISBN 978-3-7855-7351-8

ISBN 978-3-7855-7664-9

ISBN 978-3-7855-7450-8

ISBN 978-3-7855-7648-9

ISBN 978-3-7855-7441-6

Die Reihe *Lesepiraten* bietet viele tolle Geschichten für Erstleser ab 7 Jahren. Die klare Textgliederung in Sinnzeilen garantiert ein müheloses Erfassen des Inhalts und ermöglicht so auch weniger geübten Lesern ein schnelles Erfolgserlebnis. Zahlreiche farbige Illustrationen sorgen darüber hinaus für ausreichend Lesepausen. Also, Schiff ahoi mit den *Lesepiraten* – das Meer der Geschichten wartet!

LESELÖWEN
Das Original